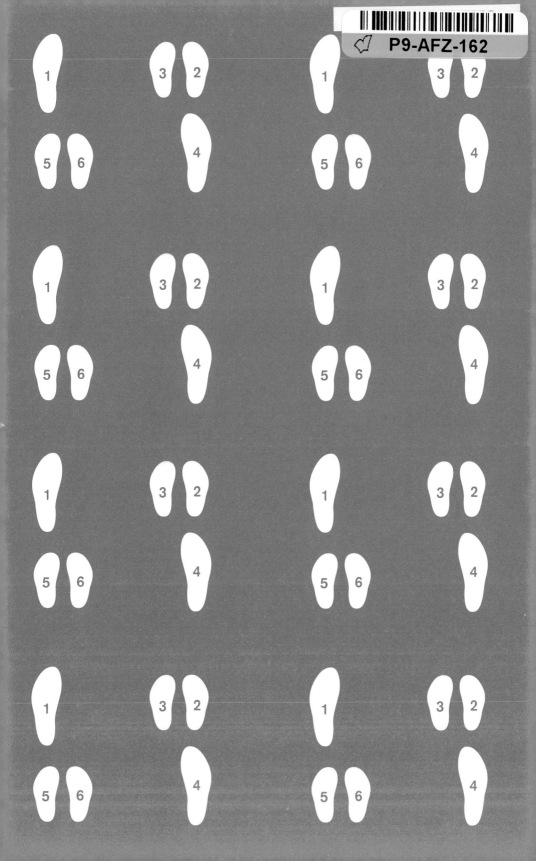

Jorge el curioso™
El baile

Curious George®
Dance Party

Adaptation by Borana Greku and Alessandra Preziosi
Based on the TV series teleplay written by Raye Lankford
Translated by Carlos Calvo

Adaptación de Borana Greku y Alessandra Preziosi
Basado en la serie de televisión escrita por Raye Lankford
Traducido al español por Carlos E. Calvo

Houghton Mifflin Harcourt Publishing Company
Boston   New York   2013

For information about permission to reproduce selections from this book, write to Permissions, Houghton Mifflin Harcourt Publishing Company, 215 Park Avenue South, New York, New York 10003.

Library of Congress Cataloging-in-Publication Data is on file.

ISBN: 978-0-547-96819-3 paper-over-board
ISBN: 978-0-547-96820-9 paperback
ISBN: 978-0-547-96821-6 paper-over-board bilingual
ISBN: 978-0-547-96822-3 paperback bilingual

Design by Afsoon Razavi
www.hmhbooks.com
Manufactured in China
LEO 10 9 8 7 6 5 4 3 2 1
4500392842

AGE	GRADES	GUIDED READING LEVEL	READING RECOVERY LEVEL	LEXILE ® LEVEL	SPANISH LEXILE ®
5–7	2	J	17	370L	440L

George was excited.
He had just received an invitation to Allie's
dance party!
He couldn't stop dancing!

Jorge estaba muy contento.
¡Acababa de recibir una invitación para el baile de Allie!
¡Jorge no podía dejar de bailar!

He danced while he brushed his teeth.
Sometimes he even danced while he slept.

Bailaba mientras se cepillaba los dientes.
Y a veces bailaba hasta cuando estaba dormido.

But George's friend Bill didn't want to go to the party.
"I'll be the only kid who can't dance," Bill said.

Pero Bill, el amigo de Jorge, no quería ir a la fiesta.
—Voy a ser el único niño que no sabe bailar —decía Bill.

"Look," said Bill, "even the Renkinses are practicing for the party!"

—Mira —dijo Bill—, ¡hasta los Renkins están practicando!

"This is called the box step," said Mrs. Renkins.
George was curious. He didn't know that dance.

—Esto se llama "el paso de la caja" —dijo la Sra. Renkins.
Jorge sintió curiosidad.
Él no conocía ese baile.

Then George had an idea.
They could record the Renkinses dancing and learn the box step!

Entonces a Jorge se le ocurrió una idea.
¡Podría filmar el baile de los Renkins y aprender el paso de la caja!

The dance looked hard.
Bill didn't think he could learn.
"Maybe I should tell Allie I have the chickenpox!" he said.

El baile parecía difícil.
Bill no creía que pudiera aprenderlo.
—Quizás debería decirle a Allie que tengo la viruela —opinó.

When they went home, George and Bill watched the video. "Dancing should have a map. Maps show you where to go," Bill said.

Al llegar a casa, Jorge y Bill miraron el video.
—Los bailes deberían venir con un mapa. Los mapas muestran adónde ir —dijo Bill.

George thought that was a great idea!
He counted the dance steps and made a map.
Right steps were red and left steps were blue.
He numbered them and made the quick steps smaller
than the slow steps.

¡Jorge pensó que eso era una buena idea!
Contó los pasos y hizo un mapa.
Los pasos derechos eran rojos, y los pasos izquierdos
eran azules.
Les puso números, y los pasos más
rápidos los hizo más pequeños
que los pasos lentos.

But something was still missing.
George thought about the Renkinses.
Of course!
They needed music!

Pero faltaba algo.
Jorge pensó en los Renkins.
¡Claro!
¡Faltaba la música!

The beat of the music made dancing much easier.
He just moved his feet to the rhythm.

El ritmo de la música hacía que el baile fuera mucho más fácil.
Simplemente movían los pies siguiendo el ritmo.

The night of the party arrived.
Bill was still worried.
"I'll look silly using the map," he said.

Llegó la noche de la fiesta.
Bill aún estaba reocupado.
—Voy a quedar ridículo usando el mapa —dijo.

George looked at the map again.
The steps were shaped like a box!
All they had to do was make a box with their feet.

Jorge volvió a mirar el mapa.
¡Los pasos hacían la forma de una caja!
Todo lo que tenían que hacer
era dibujar una caja con
los pies.

Bill danced with Mrs. Renkins.
"You dance beautifully!" she exclaimed.

Bill bailó con la Sra. Renkins.
—¡Bailas maravillosamente! —exclamó la señora.

"I wish I could do that dance," Allie said.
Bill and George were surprised.
"You mean you don't know it?" Bill asked.

—Ojalá yo pudiera bailar así —dijo Allie.
Bill y Jorge se sorprendieron.
—¿Quieres decir que no sabes este paso? —le preguntó Bill.

"I don't know any fancy dances," Allie said.
"I just move to the music!"

**—No sé bailar con pasos difíciles —contestó Allie—.
¡Solamente me muevo siguiendo la música!**

Bill had been worried about dancing for no reason!
"Could you teach that dance to the rest of us?"
Allie asked.

¡Bill se había preocupado sin motivo!
—¿Podrías enseñarnos este baile a todos?
—le preguntó Allie.

Allie turned on the music.
She and George were dance partners.

Allie puso la música.
Ella y Jorge formaron una pareja de baile.

Bill took out the map.
He showed everyone how to do the box step.

Bill sacó el mapa.
Les mostró a todos cómo hacer el paso de la caja.

George and Bill danced all evening.
It was great teaching everyone the box step, but it was even more fun dancing with friends.

Jorge y Bill bailaron toda la noche.
Fue genial enseñarles a todos el paso de la caja, pero lo más divertido fue bailar con sus amigos.

Make Your Own Dance Map!

You can learn the box step just like George did! All you need is a poster board, a pencil, a couple of crayons, and some feet to trace.

Create the steps

- Start with a poster board big enough to dance on. This will be your box for the box step!

- Ask an adult if you can trace their feet for the larger, slower steps. Using a pencil, trace an adult's left foot in the top left corner of the box and an adult's right foot in the bottom right corner of the box.

- Now trace your own feet for the smaller, faster steps. In the top right corner of the box, trace your left and right feet side by side. Now trace them again in the bottom left corner of the box.

- Get blue and red crayons or markers. Color all the left steps blue and the right steps red, just like George did.

Number the steps

- Start at the top left, with the big blue step. This is the first step. Write the number 1 on it.

- The second step will be red, because your feet need to take turns. Write the number 2 on the small red footprint in the top right corner, and the number 3 on the small blue step next to it.

- Write the number 4 on the big red step in the bottom right corner.

- Put a number 5 on the last blue step, and a number 6 on the last red step.

Now you're ready to use your dance map! Start at step 1 and follow the steps in order. Turn on some music and have fun dancing!

¡Haz tu propio mapa de baile!

¡Tú puedes aprender el paso de la caja como lo hizo Jorge! Todo lo que necesitas es una cartulina, un lápiz, un par de crayones, y algunos pies para dibujar.

Crea los pasos

- Empieza consiguiendo una cartulina suficientemente grande como para bailar sobre ella. ¡Esa será tu caja para el paso de la caja!

- Pídele a un adulto si puedes trazar sus pies para los pasos grandes y más lentos. Con un lápiz, traza el pie izquierdo del adulto en el ángulo superior izquierdo de la caja, y el pie derecho del adulto en el ángulo inferior derecho de la caja.

- Ahora traza tus pies para los pasos pequeños y más rápidos. En el ángulo superior derecho de la caja, traza tus dos pies, uno al lado del otro. Luego vuélvelos a trazar en el ángulo inferior izquierdo de la caja.

- Consigue un crayón o marcador rojo y otro azul. Colorea todos los pies izquierdos de azul, y todos los pies derechos de rojo, como lo hizo Jorge.

Numera los pasos

- Empieza en el ángulo superior izquierdo, en el paso azul grande. Este es el primer paso. Escribe ahí el número 1.

- El segundo paso será rojo porque tus pies se deben turnar. Escribe el número 2 en el pie rojo pequeño que está en el ángulo superior derecho, y el número 3 en el paso azul pequeño que está justo al lado.

- Escribe el número 4 en el paso rojo grande del ángulo inferior derecho.

- Escribe el número 5 en el último paso azul, y el número 6 en el último paso rojo.

¡Ya estás listo para usar tu mapa de baile! ¡Pon música y diviértete bailando!

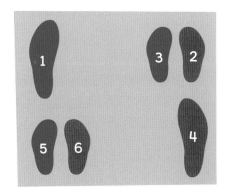

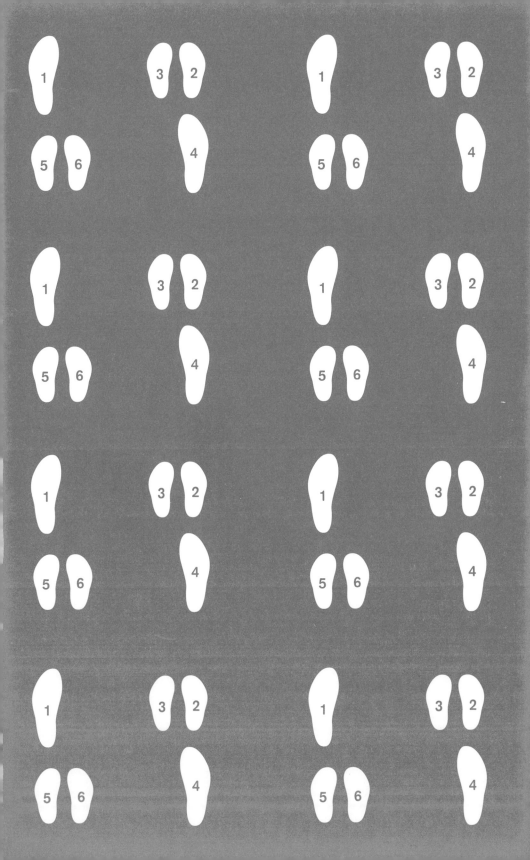